星斗集。

王建生現代詩選

自序
星斗集——王建生現代詩選

　　關於詩方面的作品集，我先後出版集子包括：《王
建生詩文集》、《建生詩藁》初集、《涌泉集》（以上皆
自刊本）、《山水畫題詩集》（臺北：上大聯合股份）、
《山水畫題詩續集》（臺北：秀威資訊），以及這本《星
斗集——王建生現代詩選》。另外，《建生書畫選輯》
（臺中：天空數位），亦收錄題畫詩。

　　《王建生詩文集》民國79年（1990）7月出版，有關詩
方面作品，放在第三「詩詞類」，收集的是古典詩。《建
生詩藁》初集，民國81年（1992）11月出版，收集的有
「感懷詩」，（五言、七言），「題畫詩」，還有「現代
詩」，現代詩有十首，還將〈偶然作〉自譯成英文。《建
生書畫選輯》收集民國82年（1993）至民國85年（1996）
部分題畫現代詩。《涌泉集》民國90年（2001）3月出
版，收集的有：「感懷詩」（五言、六言、七言），「題
畫詩」（五言、七言、現代詩）及「現代詩」二十四首。
自刊本的詩集，分贈親友、學生，三、四年就贈送完畢。

《山水畫題詩集》民國98年（2009）12月出版，所錄的題畫詩有現代詩及單句、偶句、雜句、五七言古體詩。《山水畫題詩續集》，民國100年（2011）8月出版，收錄題畫詩包括單句、偶句和古體詩。其中部分題畫詩作未收錄在詩集裏。這本《星斗集——王建生現代詩選》則全是現代詩，因為以前的詩集，絕大部分還是以古體詩為主，對於現代詩這個領域，有些忽略。所以決定把以前所寫現代詩收集一塊，成為這本詩集。不過早期詩作，往往隨手書寫，或抄在筆記本，或記在紙條上，或題在畫作，散迭頗多，要收集完全，實在不易。收集昔日舊作固然有些困難，例如：登在東海大學中文系《沃夢詩刊》封面題畫詩，是甲申年（2004）作，差點漏掉。《山水畫題詩集》、《續集》中的題畫現代詩，在出版這本集子校對時，才猛然發現失收，真是！也有的畫作題詩沒有搜集在《書畫選輯》出版，所以沒有登錄。儘管如此，把搜集到的作品，合成一本。

　　古人以為詩，是心聲，表達作者真實的情感，就像物質世界的「玉」一般珍貴，所以早期的作品集稱為《拾玉篇》。尤其以前主編《東海文藝》季刊，創作靈感豐

富，不知不覺間，積累了一些作品。以後水墨創作，也有一些題畫現代詩，不過，都是隨興寫的。從民國101年（2012）起，比較有系統用詩來記載平日心情，所以有《黑白篇》，2012年5月26日至11月20日；有《孵夢篇》，從2012年10月12日至12月31日；《有懷篇》，從2013年元月開始至現在,依時間次排列。不論有無發表過，統統搜羅在一起，所以這本集子，包括《拾玉篇》51首，《黑白篇》35首，《孵夢篇》32首，和《有懷篇》28首，共計146首。內容則包括個人抒情、感懷、題畫、夢境，以及關懷社會，時事、關心親友詩等等；有實有幻，題材變化多，就平日所見，所感，直抒胸臆，興懷有寄。詩中表達浪漫的情懷，撲朔迷離、夢幻般的情感；作夢的奇境，令人訝異；與現實搏鬥、不屈不撓的心路歷程；以及較少人關注的社會問題；這些創作題材，雖一時感發，卻像夜空的星星，或暗或明的存在著。再說，人們心中，長輩、友朋的仙逝，魂歸天上，化為大小星星，宋代蘇軾不就說：「在天為星辰」，「幽則為鬼神，明則復為人」。圓弧的天空，似放大的斗，盛滿彩鑽，放射光鋩。唐代張籍的詩：「如彼天有斗，人可為信常」，說韓愈歸魂，如天上斗星，四季有定向。人們又說「斗轉星移」，星斗的轉

移，象徵時序的變化。詩集每一首詩，是不同時間真情的點滴。一本詩集有諸多聯想，不就是《星斗集》最好的詮釋。因為這本詩集的問世，也豐富了我的生活、生命。

做為現代人，多多少少受到現代詩的感染，所以有創作現代詩的動力。如唐有唐詩、宋有宋詩，明清有明清詩一樣，基於文學發展的理念，不但對古人詩學，詩作要學習、創作，現代詩也要學習與創作。不同於別人的是，根植於臺灣的真情，關懷世人，化成靈氣，藉助比興的技巧，凝聚在字句間。所以詩作往往有鮮明的意象，也有像畫般的作品，易於閱讀。這本集子集合了現代詩的創作，對於我來說意義深刻。

最後感謝秀威資訊出版社的協助，使這本小集子能順利出版。

王建生　大度山上
2013.9.19

目　次

黑白篇

孵夢篇

有懷篇

星斗集──王建生現代詩選
目次

詩為心聲，是人的靈魂；玉是物質世界美麗的代表，

用玉來比喻詩作，也算恰當。因取從前詩集現代詩作，

或散落詩而拾得者，匯然成集，命以《拾玉篇》，取其珍貴，亦有敝帚自珍之意。

拾玉篇

雜　感

春天　百花盛開著

粉紅　駸綠　令人神迷

夜月

金盤　銀盤

放射它的光鋩

美好的天地

卻令我想起

父親

平躺在青色的草地

令我這悲哀的遊子

只能遠遠的呼喊

啊　父親

民國79年（1990）3月21日
──原載《建生詩薰初集》，65頁

夢先君

昨夜　枕上分明看見
　　　白衣素服
　　　嚴肅如昔
　　　　怎奈
　　減一分消瘦
　　添一分淡漠
　只是默默不語
　　　　直到
　叮咚雨滴簷瓦

碎了夢

不勝悲

辛未（民國80年19991）先君逝世日（7月28日）
——原載《建生詩薰初集》，65頁。民國95年（2006）年臺
　中市政府文化局舉辦臺灣、韓國、日本三國第九屆詩書
　展展出。亦刊於臺灣現代詩人協會主編《作品集》頁31
　至32，用中文、韓文、日文刊出。

剪 影

山中颳起陣陣狂風

樹濤起伏

落葉飄盪

沙土飛揚

天昏地暝

朦朧中

妳那被風吹散的髮絲

浪漫的裙襬

不也搖曳在

寂寞的山城

——原載《建生詩薰初集》，66頁

無　題

輕輕的敲開

心扉

五月

紅薔薇　火鳳凰

綴滿枝頭

燃放生命的璀璨

鵲鳥　蜂　蝶

忙日　忙夜

乃至一生陪伴

——原載《建生詩薰初集》，66頁

偶然作

想你　在黎明

惺忪的眼

只見你矇朧的幻影

想你　在白晝

遠處

雲抱著山

山伴著雲

想你　在夜裏

夜空

星守著月　月護著星

想你　在夢裏
夢中
花戀著蝶
蝶戀著花

——原載《建生詩薫初集》，67頁

A Chance Writing（自譯）

Think of you, at dawn
Have a drowsy look,
Getting your magic shape.
Think of you, the day,
Far away,
Clouds embrace mountains,
Mountains company with clouds.
Think of you, the night,
Stars keep moon,
Moon protects stars.

Think of you, in the dream.

Flowers drunk butterfly,

Butterfly companies with flowers.

——原載《建生詩薰初集》，68頁

詠薔薇

孟夏　大地青青　浮雲作陰

薔薇紅豔　似爛熳佳麗

引來貪婪　遊蜂粉蝶

行風追榮　不曾稍稍安息

枝葉葳蕤　葉底蛾亂飛

不知芳心何許

南國佳人

可與解人歸

——原載《建生詩薰初集》，69頁

大悲頌

以其大悲　是能慈

以其大悲　能轉智

以其大悲　大苦　能勇

能破 惑障　業障

乃至一切障蔽

生無量

神力

活力

無上智慧

──原載《建生詩薰初集》，69頁

星斗集──王建生現代詩選
拾玉篇

雨中雜興

山中的雨　稀稀疏疏

朦朧的花草　都扭著腰

山中的雨　連綿不斷

弧形的天空　似桂林的鐘乳

山中的雨　滴滴答答

不停地聲響　與女子的呢喃

合奏天然的旋律

—— 原載《建生詩薈初集》，70頁

母　親

母親　似柔水

美化整個空間

母親　似風　頻頻吹拂著溫暖

母親　似花

綻放美麗　永遠馨香

世界雖大

您的關愛　難以比喻

——原載《建生詩薰初集》，70頁

題畫詩（淡水文化市集）

在淡水的　夕陽中
高樓漸失光彩
只有　一次又一次
泛起粼粼波光
抹上一層又一層
色調

八十二年癸酉（1993）
——亦載於《建生書畫選輯》，106頁

題畫詩（山瀑）

蒼茫的　雲海

似從萬里之外

飛

來

橫過千巖

與水濤　松濤

演奏新生命的樂章

八十二年癸酉（1993）
──亦載於《建生書畫選輯》，107頁

題畫詩（秋林）

秋天

大地一片枯寂

只剩

枝幹交錯在

冰冷的

寒空

八十二年癸酉（1993）
──亦載於《建生書畫選輯》，108頁

題畫詩（母親大人）

母親大人

魂魄唸唸

阿彌陀佛

已除一切苦

八十三年甲戌（1994）
──亦載於《建生書畫選輯》，109頁

題畫詩（山居）

楊柳絲絲　翠竹悠悠
白雲動綠　川流不居
對此 美景
有何不樂
耶

八十三年甲戌（1994）
──亦載於《建生書畫選輯》，110頁

題畫詩（賀伯颱風）

賀伯

啊

你吹亂

了大地

吹倒了

大樹　屋舍

吹暗了

山頭

吹翻了

雲海

使整個

天地

迷茫

人們在

驚怖中

仰看

你的天威

八十五年丙子（1996）
──亦載於《建生書畫選輯》，113頁

大度山風起

大度山　昨日

一陣風起

想起　胡適的

山風

吹亂窗紙上的松痕

卻吹不散

心頭上的人影

也許同樣的

情愁

讓人

一見如故的詩句

點點滴滴在心版

烙印著

難以磨去的圖樣

雙雙對對

雖然

日子漸遠　漸多　也漸長

影像清晰依舊

搖曳的裙襬

婀娜的步子

陶醉在

風裏

八十六年丁丑（1997）
——原載《涌泉集》108，109頁

人　生

人生有

生　老　病　死

貴賤

職位高低

也有富窮

男女

瘦肥

智愚

賢不肖

隨著天體運行

乖乖的接受

生老病死的
安排　也含
富貴窮通的
安排
有順著
有逆著
殺生　延壽　除病
求不死　還有
造反
叛逆

為了理想

堅持到底　衝破現實　逆境

命運

不管怎樣

力盡　精竭

直到最後一口氣

不如順著安排

樂天知命

八十七年戊寅（1998）
──原載《涌泉集》109.110.111頁

玉 鐲

圓圓的
中孔的
一層厚的玉
佔據這空間
雖然這層玉的空間
厚薄不均
切面不勻
彩色各異
卻是
潤朗

光澤

彩爛

發人思古幽情

一定是

戰國　或

以前的日子裏

一日璞石

為人發掘

玉工雕琢

佩飾終身

後隨主人葬埋

今人掘起

重現光鋩

雖然有過地下昏暗

的歲月

畢竟逝去

而今日光輝

耀眼奪目

愛不釋手

——原載《涌泉集》111，112，113頁

季 節

四季的變換

由春　　夏

至秋　　冬

天體運行

從無差錯

抬頭望望

桂木花開

秋蘭亦發

楓葉轉紅

知道

這是秋的信息
令人愁悵
就像人生
　幼　　長
　壯　　老
不停循環
由少而壯
由壯而衰
由衰而衍
　　正如

花開花謝

秋去春來

然則

感時濺淚

亦無助于光陰的奔馳

惶惶不安

亦無濟于現實的風雨變幻

只有等到雨停風定

陽光朗耀

讓世人共享這
季節的美好

——原載《涌泉集》113，114，115頁

季節的呼喚

有時　　想起
季節的呼喚
就會悚悚然
因為 它代表
新生命的茁壯
舊生命的衰退
也代表
段落的結束
新天候的開端
由單薄而

厚重
由厚重而
單薄
好像鐘擺
一去一來
而且
永無止息
只是在這
去來之間

形貌

心靈

的改變

日以加劇

直到有一天

進退　屈伸

皆不能

就像鐘的停擺

可惜的是

在這有限的歲月
我們仍然可見
花開花謝與
季節的變換

——原載《涌泉集》115，116，117頁

華航飛機失事

二月

正是初春的日子

煙雨迷濛

晚上八點六分準備降落

的華航班機

飛越跑道奔向

省公路上

撞毀民房　汽車

最後只剩支離瓦解般的

軀殼

機上乘客亦是
包括中央銀行總裁

許遠東夫婦的二百零三位旅客
瞬間 悲慘的
離開世界　不論
教師
記者
公務人員
官與民成為一體

啊　這麼令人

悲慟的消息

全國上下　無不痛恨

未記取

名古屋空難教訓

歷史　如此一次一次

重演

但願這些旅人

平安歸返該去的

天上

一路平安

再也沒有什麼災難

——原載《涌泉集》117，118，119頁

蕭老師逝世二週年

好快
老師已是逝世二週年
農曆正月二十二日
一切如昨
如舊
心中添了多少惆悵哀慟
昔日
與老師
談笑晏晏
今已如同過往雲煙

輕飄

散落

沒有任何迴響

注：蕭老師，指蕭繼宗老師，早期東海大學中文系教授

——原載《涌泉集》119，120頁

到慈濟參加生活營

慈濟

是行善的代表

充滿在社會像光明

燭火

日月般的輝映

啊

令我嚮往

我

何其有幸

參加其生活營

方才明白為
出家眾尼的
不易
人生老病死
只有常常
與之相處　相習
的人
才會淡然處之
呀

這美好的生活

回憶　知道

尊重

生命

人性

不是輕視

──原載《涌泉集》120，121，122頁

堅持、堅強

這是一個鬼與
神的世界
鬼很多 很可怕
勝過地獄的
不停地摧殘和善的人
摧殘忠厚　老實者
而且
鬼與鬼聯合起來
劣幣逐良幣
身處在髒亂的世界

只有抱持整頓的心

堅持　堅定

不怕困難

努力向前

如唐吉訶德殺戮這些群小

如雲長關公

除去不義

啊

天上的神明

盼你降臨　輔助
該輔助的人　除去
污穢

——原載《涌泉集》122，123頁

旅　人

我是一個寂寞的旅人

走在孤單的路上

少有知音相伴

少有友朋祝福

只有

天上的

太陽

月亮

與星星

還有風雲

雷電
環繞四周
渴了
自己找水喝
餓了
自己找飯吃
累了找塊地躺

找顆樹靠
沒有怨恨

沒有憤怒

沒有悲傷

天天踏著步伐

前進

前進

啊

前進到何處

有時

好茫然

——原載《涌泉集》123，124，125頁

九月二十八日

今天
潺潺的雨
落在大地
沒有停歇
雖然 不多
宜蘭已造成災害
是 楊妮颱風與
東北季風
外圍
夾殺而成

這是什麼天地

連今天是

教師節　也甭放假了

照樣工作

只有工作是神聖

只有工作是偉大

　　——原載《涌泉集》125，126頁

人生的旅途

人生旅途

有巔巔跛跛

坎坷不已

有山窮水盡

迂迴曲折

有康莊大道

平安順利

有扶搖直上

平步青雲

不管任何一種

都是

上帝的安排

就像手上的五根手指

原本長短不一

就像落地的兄弟

好壞不同

一切歸於

上帝

你不能怨他（祂）

因為他為芸芸眾生

費盡多少努力
他為人間疾苦
做過多少奉獻
可惜人只記得
甘美
忘記辛苦
只記得享樂
忘記耕耘
人們是一群健忘者
健忘成功的代價

須要心血不斷付出

人們是一群好利者

只想擁有　不想耕耘

悲傷總是生存在

好逸勿勞

精神鬆懈

缺乏信心　決心　恒心

只學會咀咒

老天　上帝

待我太薄
別人太厚

民國八十八年己卯（1999）
——原載《涌泉集》126，127，128，129頁

雨的聯想

雨兒絲絲的飄著

飄在天空

飄在樹林

飄在屋宇

飄在行人身上

大地一片灰濛

多少次

類似的情景

記憶

從孩童時期開始

或嬉戲庭院
或淋身在野
（放牛）
或凝視教室窗外
（思想伊人）
或趕赴考場
準備撕殺捉對
或行禮送人
至於遠方

濛濛的雨
勾起諸多回憶
交集心中
也勾起多少
憧憬未來
在雨中
踩著美麗的天梯
一步登上一步
直上
青雲

與星星作伴

與日月相依

共著美好

——原載《涌泉集》129，130，131頁

渴　望

我是一位凡人　渴望春風的吹拂

因為只有春風　才會旅途涼快

我是一位凡人　須要日光明燭的照耀

人在黑暗　只有陽光與燭光

才能讓我認清道路

我是一位凡人　渴望花草的美麗

因為巔跛不平的道路　須要花草的嬌媚

我是一位凡人　渴望愛的潤澤

因為人生的旅途　充滿著荊棘與無奈

我是一位凡人　渴望上帝作陪

在坎坷的路上　心頭才會安定
我是一位凡人　渴望明月星星
只有星星明月　晚上才會浪漫
我是一位凡人　渴望智者的指引
因為人生多岐路　只有智者才能指點迷津
我的要求還有好多好多
因為我是平凡的人
然而這麼多的渴求
可以在你身上找到

如春風　如花開　如太陽明燭月亮星星

智慧啊　多麼令我高興

人生的艱困雖然多

我也雖然平凡

但只要你在我的周遭

我就會勇氣無限

迎向晨曦　迎向阿波羅

太陽神

雖然不會是競日的夸父

我要借著日光與月光

在星星作伴下

努力向前

——原載《涌泉集》131，132，133頁

百貨公司

百貨公司
其實也是百種人聚處
不論何種
職業　職位
男女　老少
賢愚　好歹
只要有
錢　孔方兄
就可以順心實現
想得到的

貨
當然有貴賤高低

——原載《涌泉集》133頁

揚　帆

我是一位五十餘歲的
老舵手
雖然有四五十年的
航行經驗
而今
謝天謝地
謝親謝師
重新掛起
帆布
要到更遠的空間

大地之海

天地之海

宇宙之海

航行　前進

暫別　那

生長　成長　小留的地方

無盡的

向前　向前

——原載《涌泉集》134，135頁

九‧廿一集集大地震

臺灣百姓何辜
為何會在這一天
九月廿一日
零晨一點四十七分
樓倒了
路毀了
人死了
一棟棟地大樓
令人悲不自勝
南投的

竹山　埔里　中寮　草屯　中興新村
　　　　　　　　　　臺中的
　　　東勢　大里　石岡　新社
　　　　　　　　豐原的
　　　　　　　一棟棟的大樓
　　　　　　　傾頹　倒了
　　　　　　　人的生命
　　　　　　瞬間隨風飄散

——原載《涌泉集》136，137頁

八月八日

父親節剛好在

八十八年

讓這個日子覺得特別

尤其在

昨日

風雨過後

災難過去

只待重生

接受女兒送的

古董筆

身上插著一隻

長長羽毛

好像準備到

天上飛翔的

喜悅

——原載《涌泉集》137，138頁

玉　龍

我是一條玉龍

附緣在

竹節上

一步一步

往雲端

走去

飛去

而後

沒入雲裏（端）

人們卻喜歡

把我拴在
竹節上頭　以為
節節高昇的吉兆
其實　竹即
龍　龍即
竹
兩者合一
走向無盡的
雲端

——原載《涌泉集》139，140頁

美的禮讚
——給一位好友

讚頌　來日如

神龍般

優遊于山之巔

嬉歲于海之洋

駕著彩雲

飛上九霄

與太陽共舞

有星星相繞

徜徉于天地

順著心
如著意

——原載《涌泉集》140，141頁

零雨其濛

在這四月天
零雨其濛
大地
沉醉在絲絲雨中
本來
該是令人歡心的
卻令人擔心憂愁
災後的
災民
在九廿一地震後

本已頹廢的山
此時
更是柔腸寸斷
百姓
似在虎口中討生活
令人傷心

——原載《涌泉集》141，142頁

念二姐

二姐
悄悄地在五月二日早上
走了
走到另一個國度
明知
那國度是虛無飄緲
與我們
漸行漸遠漸無窮
啊
悲傷的孩子喲

應當哭了好幾回

日與夜

悲傷的親友喲

眼睛紅了一圈又一圈

前些年

才送別母親

何以這快輪到

送別二姐

姐弟們好不傷感

懊惱　氣憤

氣憤這傷感的事

連續而來

啊　上蒼

同情這良善的子女

讓他們長些年紀

為社會多些貢獻

　　——原載《涌泉集》142，143頁

傷　情

昨夜

悄悄地過了

就像它悄悄地來

一闔眼

一開眼

世事變了許多

二姐走了

走的雖然平靜

但中間何等坎坷 闌珊

姻伯父走了

在病中掙扎過後

還諸天地

悽愴 悽愴的行程

一步接著一步

淚珠　淚珠

一滴連著一滴

直到乾涸

　　——原載《涌泉集》144，145頁

幾莖白髮

發現頭上幾莖白髮
知道邁入中年
想起胡適的話
過河的卒子
拼命向前
這就是日後生活的座右銘

2000.2.11

邪　正

只要是對的　去做
錯的　遠離
有禍自去
有福自來
何須管它流年　風水
也不須管它　龍與蛇

2000.11.13

千禧龍

這屬於　千禧龍的日子
趕緊挾 龍的尾巴
借著神龍的力量
跨越2001年
雖然落實的是「小龍」的日子
不免令人擔心
小龍的邪惡

2000.11.20

善惡‧陰陽

善與惡

陰與陽

不停地輪迴

甚且

善者可能為惡

陰者也變陽

人的一生

不也如此

互相循環

如此

善何必恆善
惡何必恆惡
陰何必常陰
陽也不必常陽
就像枯草長出新芽
黑暗盡頭　就是光明

2000.11.26

煖煖的冬陽

煖煖的冬陽
照在乾涸的大地
讓青草長出綠芽
　＊　＊

昨日的分別
成就今日的聚會
該為分別哭泣？
還是為新歡相聚而慶？

2000.11.28

悼孔仲溫教授

收到孔仲溫教授訃文

十分意外

年紀輕輕　才四十六歲

怎就捨棄塵世

惡性腫瘤

這可怕的殺手

不知多少人因而葬身

令人膽寒

附：孔仲溫為高雄國立

中山大學中文系教授

2003.3.24

春

鳥鬧　花鬧　蟲鬧
山閑　雲閑　人閑
人間天上
天上人間

2003.3

盼

帶著寒意的冬夜
灑著金色的光輝
照見千門萬戶
門戶間
常有企盼的人兒
盼望迎接歸來團圓的遊子
不論
夜晚與白晝

2001.11.30

題畫詩（一半山、一半雲）

一半山
一半雲
半山立在青雲上
半雲長繫
半山裙

2004.2原刊於《沃夢詩利》第二期封面

題畫詩（桃林小國）

迷戀著
桃花林的美
住在雞犬相聞的小國
不管
如潑墨般社會的黑

原作辛卯（2011）
——載於《建生書畫選輯》，174頁

新的希望

新的年
新月份的開始
新的希望
新的未來
大地充滿著 新鮮的空氣和新生命
彷彿 看見 生命的跳躍
看見生命的靈魂

2012.1.1

不再徬徨

因為徘徊
失去了勝利契機
因為徬徨
停留原地
終於領悟
人
只能一往直前
直到人生終點

2012.1.2

2012年5月26日起，每日反省思過，
日子黑白，比不上彩色的豔麗、精
彩，是以《黑白篇》名之

黑
白
篇

陰　影

太陽有日蝕　月亮有月蝕　盈虧
人的心靈　亦有盈虧
盈時　光華四溢
虧時　有了陰影　陰影蒙蔽了光華
只要陰影逝去 月亮 陽光依舊光輝

2012.5.26

難忘的日子

難忘的日子　刻骨銘心
一刀刀的割去　血與肉　還見筋骨
筋骨糢糊　錯置在血肉中
任你呼喊　無人呼應

2012.5.26

永不放棄

四周昏暗　死寂　聽不見旁人叫聲
也聽不見救援車聲
只感覺自己　尚有呼吸　心跳
一上一下　奄奄一息　半昏半迷
不用害怕　這是上天在考驗子民
只要心跳繼續　呼吸依舊
就會點燃生命的火
從底層燃燒　光明的火
照亮夜空

2012.5.26

不是弱者

草　看似懦弱
冬枯了　春又生
木蘭　去了皮
宿莽　拔了心
依舊會活　離騷篇說的
我得向它們學習　致敬
雖然只是草木

2012.5.27

雨聲潺潺

聽到窗外　雨聲潺潺
　　驚醒　在清晨時刻
同樣場景　夢見父親
素衣素服　清晰依舊
　　　　己是二十多年
雖然今晨　只是幻像
　　　　久久揮之不去

2012.5.28

又是一場夢

又是一場夢

母親被毒蛇咬了　在廚房

頓時　令我驚慌

難道為我受過　抑是什麼徵兆

何不換我替母親受過

全然不知　旨意

只願天上神明

庇佑

2012.5.29

人生是可憐蟲

人生只是可憐蟲
求學　看老師臉色
求職　看上司臉色
病痛　看醫師臉色
有罪　看法官臉色
想上天國　看神職臉色
人生只是可憐蟲

2012.5.29

師母的話

有次　遇到傷心事
師母說　事情總會過去
是的　悲傷的事總會過去
像雲霧會散　露水會消
隨著日子　漸行漸遠漸淡
此後
有了轉機

（注）：師母，指蕭繼宗夫人，蕭師母

2012.5.30

蒼莽的山

蒼蒼莽莽的山喲

鬱鬱青青

一年四季　有些單調的造型

泉流瀉出山峰之間　有些單調的顏色

單調的造型　顏色

卻讓人心定

2012.5.31

大　道

大道無形　無形之形是為大　至大無圍　至小無內

大愛無言　在於做　不在於言　因有感愛

大道無名　唯恍惟惚　在於體悟

大智若愚　在於有主見　不隨波逐流

人執名利　己忘名忘利

無名無利　志之於道　斯為大道

人能如此　夫復何求

2012.6.2

長女韞華生日

長女漸漸長大
如鳥兒般　羽翼豐滿　飛翔天空
有了小小鳥　漸長羽翼
學著飛翔
海闊天空　翱翔萬里

2012.6.3

早晨鳥鳴

早晨鳥鳴　吱吱喳喳
悅耳的音符　傳入耳際
伴著跳躍　忽高忽低
似在尋覓
伴侶
抑是覓食

2012.6.4

人是可憐蟲

人是可憐蟲
在生老病死的循環中掙扎
在愛情的追逐中掙扎
在別人佈好的陷阱中掙扎
在名利的取捨中掙扎
難怪有人說　忍他　讓他　避他
看他如何

2012.6.5

一場夢

夢　好夢　很甜蜜

惡夢　惡鬼來纏　可怕

昨夜　一場夢　很快過去　分不清好壞

盼望今夜　有個好夢

有天使送花來　還送個香香

直到天亮

2012.6.7

炎　夏

炎炎夏日　連入睡都難
幾經輾轉　終於入夢
晨起　還要打開風扇搧搧
把熱風　送到天邊
迎接山上的清涼

2012.6.8

一陣雨

偶爾　天空黑壓壓的雲
像千斤重　壓在胸口
讓人喘不過氣來
忽然　一陣雨　稀里花啦
天空撒落石子般　猛打屋瓦　窗戶
一陣驚嚇

2012.6.8

地　震

清晨　五點三分
一陣天搖地動
驚醒睡夢中的我
連日的雨　已是　幾分潮溼　幾分昏暗
忽來的震動
更是令人驚嚇

2012.6.10

滴滴答答的雨

滴滴答答的雨　打在屋簷上
一陣長　一陣短
像鼓槌　打在心坎深處
陣痛之外　還是陣痛
淒淒冷冷　冷冷淒淒
沒有間歇

附註：雨大，造成南部水禍

2012.6.11

大　雨

大雨　滂沱

傾盆般的瀉　不停地瀉

臺中　南投　山區　中臺邊際

屏東　萬巒　佳冬　臺灣末鞘

大水處處　氾濫的災情　傳遍世界

百姓在水中　掙扎　奮鬥

只有小小的希望

能活到明天

2012.6.12

災　情

連日的豪大雨注

從雲端　不停地倒　瀉

各地傳出災情

百姓無奈地與惡水纏鬥

一邊哭喊著老天

一邊哭喊著地

這是什麼世界

2012.6.13

佛

佛之所以佛
因為祂能放下屠刀
聖之所以聖
因為他不貳過
淵明之所以淵明
他覺今是而昨非
今日之錯　今日之過　今日之罪
豈可殘存

2012.7.3

悼井松嶺老師

中午11:32　忽傳　井師崩逝

猶如木折山頹　天昏地轉

先生出於書香　年青奔波　勞苦

老來安逸

一生志業書畫　扶弱濟貧

志欲改善社會

如此善人　走矣　逝矣

悲矣　慟矣

高山安仰

附記：7月9日上9:40大道書畫學會林東儀總幹事電話先知井
　　　老師於中午11:32仙逝，十分錯愕、哀慟、因作

2012.7.9

夢遊月宮

清晨　夢遊月宮

　　煙霧迷濛

　　樹木豐茂

　　高山疊嶺

　　水流沛然

　　行走其上

　　屢迷其途

後　乃折返

2012.7.20

作　夢

清晨有夢　特別
彷彿地藏王菩薩口氣
願為眾生下地獄
不知何時來此豪情
醒來　試問
是耶　非耶

2012.7.25

嗚嗚風聲

零晨0:30分　被嗚嗚風吵醒

嗚嗚風聲　似是替　井老師吹奏的樂曲

井老師喜好音樂　起伏的旋律

臨走大自然　亦感不捨

嗚嗚的聲音　在樹林間發出

悽惻　悽悽惻惻　聲音

把我驚醒

一起送行

附記：8月1日井老師告別式公祭，我於早上9:00到臺中殯儀
　　　館當招待。

2012.8.1

與蛇同住

中午　家後門口　網住一條眼鏡蛇
今年四月　也網了一條
去年八月　在洗衣機旁　有六條小蛇
這是什麼世界
洞多　鼠多　蛇亦多
難怪大度山上人蛇同居
不算新鮮

2012.8.9

飲　茶

匆匆的人生
如潮般的去
停留短短的剎那
名與利的爭奪
不過如浮雲
幻影般
驀夢然回首
萬相已空
不過飲茶工夫

2012.9.2

悼大姐

大姐出殯　參加者四五十人
至親至戚而已
跪跪拜拜　送行禮儀　總是如此
出殯
我持旌旗　上寫著諡號
慈青淑惠
七十五歲的人生
如夢如幻的走遠

2012.9.7

學過孤獨

困難的環境　躓前跋後　沒有援手
學會堅強　堅強自己
困難的環境　接二連三的挫折
學會孤獨的勇氣
只有勇者　所向披靡　不畏艱難
只有勇氣　突破困境

2012.9.8

煩惱、痛苦

煩惱　痛苦　皆由感情矛盾
不明真相　引起情緒的困惑
明白真相　真相大白
困惑失去了依據
煩惱不生　痛苦不再

2012.9.10.

瓶　花

過了季節　外面的蘭花　紛紛地落了
只有圖畫上的瓶花　依舊
昂然在畫面　不曾一絲損傷
該高興瓶花的長久
還是傷感花的飄落
萬物有生　住　滅　空　不同周期
難道瓶花無動於衷

2012.9.12

黑白之一

別人的夢　常常多彩多姿
今朝有酒今朝醉
我貪婪　貪慾不足
埋在書堆中
在黑白的日子爭扎
也許　黑白中　漸成趣味
黑白漸成彩色

2012.9.18

黑白之二

缺乏信心　膽怯　退縮　只能留滯原地
慢慢地　學會撥開雲霧
等著黑暗退去
黑暗的終點　浮現晨曦
一絲絲　像碎金
迎著金色的陽光

2012.9.20

黑白之三

沒有錢　誰理你　人人很現實
沒有錢　食　衣　住　行
孩子的教育　老婆的零用
這一切的一切　足夠讓你過悲慘　黑暗的日子
人富我不富　人貧道不貧
因為有了道　忘記物質　慾望
有了道　不停地向前
那是彩色

2012.9.21

悼廖宏昌教授

雖然與你　廖教授　謀面不多
卻知你為人　誠懇　謙卑　熱情
　　　　不論在專業或為人的表現
那麼巧　正參與　貴校舉辦清代學術會議
　　因癌逝世　不過五十二歲的壯年
　　　　　也算是壯志未酬吧
　　　　怎麼才能向上天討個公道

附：廖宏昌教授，高雄國立中山大學中文系教授。

《孵夢篇》是在2012年10月12日寫的現代詩，代表當時創作的心境，如夢幻般

孵夢篇

燃燒的火焰

熱情　像燃燒的火焰
從胸口噴出　猶如火山爆發
霹靂啪啪巨響後　撕裂大地
噴出熔漿　向四面流竄

2012.10.12

堆叠的雲

沒早沒晚的雲　追逐著山
山雲　層層地堆叠
比棉花糖還高　仍然繼續
直到形成水滴　滴入空谷

2012.10.12

夢中人

呆立在身邊　看妳穿著迷你的短裙
像春天的蘭花　初夏牡丹
令人驚豔
醉在春風　卿卿我我
忘記多少時刻
忽然　屋瓦傳來
嘀噠嘀噠雨聲
空了夢

2012.10.12

心靈的寄託

肚子餓了　想吃　天冷天熱　想穿
早晚　想家——不止鋼筋水泥的家
精神匱乏　心靈空虛
喝杯酒？抽根煙？跳支舞？
還是信：佛陀？上帝？阿拉？
肉體的麻痺　神明的撫慰　總是短暫的
只有心靈的寄託　才是永恆的
天長地久

2012.10.13

等待的苦澀

相見恨少　恨短
就像牛郎　織女　一年一遇
有時還有颱風　暴雨攪局
日子只能等待　等待　再等待
帶著苦澀
人在生　住　滅　空中輾轉變化
最後　色即是空　空即是色
隨著塵土消失的無影無蹤

2012.10.14

我的夢

人有轟轟烈烈的　卑鄙齷齪的　平凡的夢

平凡的夢　忽得忽失　忽悲忽喜　忽離忽合…

卑鄙齷齪的　是小人　部分人的夢

轟轟烈烈的　是大人的　少數人的夢

我的夢　如湧泉　如再生的植物　如初日

饑餓了　讓我飯飽　困頓了　讓我精神　枯萎了

讓我發芽　草木有了雨潤　魚兒有了淵池　幽暗復

見光明

2012.10.15

明天會更好

昨天　匆匆地走了　多少長輩　祖先　歷史人物…
今天　有誕生的嬰孩　有默默耕耘的人們　有成長
的英雄豪傑
明天　有燦爛的時空　只是神兮恍兮　迷迷濛濛
做好了昨天　今天　明天會更好
昨天　今天不努力　明天難期待

2012.10.16

夜　空

有時　我喜歡在月光下行走

孤獨的　自我的　品嚐月光的皎潔　嫻靜

望望星斗　品嚐孤星與繁星不同的境界

繁星眾多　璀璨無比　像珍珠寶石　像凡間大小臣

孤星　碧海青天　獨霸一方　不怕孤獨　像君王

孤星好呢　繁星好

繁星有團欒的快樂　孤星有威震夜空的驕傲

順其自然吧　不論繁與孤

2012.10.17

妳像春蘭

妳像春蘭　牡丹盛開
　　　　　令人驚豔
也像美酒　香茗　令人陶然
　　　　有妳　彩色芬芳
　　　　沒妳　天陰淒涼
　　　一在地底　一在天上
　然而　妳像白雲東西飄揚
　　　　　令我徬徨

2012.10.18

守著寂寞

人是脆弱的　　脆弱的經不起一番風雨
落葉翩翩　　灑滿地面
有人傷春　　有人葬花　　有人感慨草木凋零
花謝了會開　　草木凋了會長　　逝去的青春不再
回頭細數從前每一個片段──青春　　跳躍般音符
李後主細數春花秋月　　是何等淒涼
人生　　不停地工作　　本就該過著寂寞　　守著寂寞
古來聖賢皆寂寞　　不就如此
無須傷神

2012.10.19

思　慕

思慕的人　在彼一方
思之思之　萬結愁腸
　　　　　李白詩
相思如明月
可望不可攀
不僅視野茫茫
常常黯然神傷

2012.10.20

嗚嗚風聲

窗外　嗚嗚風聲　似欲吹裂玻璃
欲吹裂大地
很像在東海人文大樓所聽聲響
雖然地點換了　在龍社路
聲音何以如此近似
一聲聲　令人心驚

2012.10.21

雲抱著山

層層叠叠的雲　抱著山
剩下半個山頭　沉沉浮浮
有如一條小船　遊行在浩渺的波濤
起起落落　有無盡的相思

2012.10.22

滴　達

滴達　　滴達　　滴達…

夜半被鬧鐘聲音吵醒

滴達聲中　　多少青年　　走入老年

滴達聲中　　多少少年　　邁入青年

滴達聲中　　多少現在成為虛幻

少的　　變年青　　年青變壯　　壯變老　　老成為過去

在一滴一達之間

2012.10.23

迎著朝曦

迎著朝曦　輝煌奪目的陽光
草木　雖比春夏枯黃　在秋季　依舊青翠
草地　還有幾隻鷺鷥　正在覓食
人們　三三兩兩漫步
熟睡一夜的大地　終於甦醒

2012.10.24

望著旭日

早晨　望著旭日　溫煦　蛋黃般的
像妳的臉龐
在高樓之間　冉冉上升
東方　屬於妳蟹居的地方
似近又似遠
不知是否跟我的心情一般起伏

2012.10.24

噗哧噗哧

下午1:30，經家中院子往車庫路上，剛上車，忽見三隻鴿子，在
柏樹底下蔭涼處，爭寵，噗哧噗哧聲甚大，異於往常，有感

關關雎鳩　在何之洲　窈窕淑女　君子好逑

《詩經》說的

青青柏樹　噗哧其羽　鴿兮鴿兮　舍我誰與

鴿兮鴿兮　朝夕之友　爭寵奪愛　必分你我

2012.10.25

留駐的影子

窗外寂寂　聽不見一點喧嘩
噗咚噗咚的心跳　像春夏秋冬　周而復始
夢中的人　留駐的影子　也像四季周而復始
不曾失散

2012.10.26

紅綠燈下

車子在路上奔馳　行人在路上急走
彼此視線沒有交集
只有　紅綠燈下　停下腳步　車輪
互相瞄一下眼　隨後各自東西
人生是淒涼奔馳的道路　冷寞的　周而復始
偶爾　有人給你一點施捨
總得要你的回饋禮

2012.10.27

趕緊回頭

有時　想哭　因為挫折感深
有時　想笑　嘲笑自己愚痴
從小就是痴心漢　妄想這　妄想那
最後一無所有
剩下一顆尚未熄滅的心
有些溫熱
趕緊回頭吧　趁身上還有餘溫　餘熱
拼命向前

2012.10.27

迎向前去

失望　是希望的開始　否極泰來　物極必反
每次在失望　惆悵之餘
總是點燃心中的溫火
燃燒身體　產生熱能
像鐵金剛的衝出
迎向前去

2012.10.27

雲　形

遠處　　灰濛濛的天空
各式各樣變化的雲　　在天際忽離忽合
有馬形　　牛形　　豬形　　龍形　　還有…
正如社會上的人們　　性格有馬　　有牛　　有豬　　有……
甚至有蛇　　蠍般　　不計其數
既知如此
何必計較　　得失　　禍福　　成敗……

2012.10.31

秋冬的暖陽

秋冬的暖陽　灑滿地　屋頂　牆面　馬路　草木
都舖著金黃
像金箔般貼滿整個空間
絲絲的暖意　正從四面八方反射　折射到身上
沒有人知道上天　神明或是上帝的愛是什麼
只有我推想
灑滿金黃的陽光　正是神明　上天的代言
因為有了它　萬物有了生命

2012.11.1

射進屋子的陽光

陽光　穿透玻璃　悄悄地射進屋子
屋內顯得溫馨　就像妳在身邊一般
悄悄地　陽光又縮回雲層
滿室的冷清　正像妳的消失
一冷一溫　不停地循環
這就是日子
心情的悸動

2012.11.4

捨　得

捨得　捨得　有捨方有得　慈濟人如是說
得失　得失　有失方有得　有得必有失
楚人失之　楚人得之　無得亦無失
禍福　禍福　有禍亦有福　有福亦有禍
禍兮福所倚　福兮禍所伏　老子如是說
興衰　興衰　有興亦有衰　有衰或能興
否泰　否泰　有否亦有泰　有泰亦有否
生死　生死　有生亦有死　有死或有生
能作如是觀　心中自豁明

2012.11.5

逆向思考

退讓者　乃克其業

挫折者　乃為勇士

傷心者　完成事業

黑暗者　光明之始

九十九分失敗　乃能成功

心志不堅　本喜成悲　本福為禍

心志堅　乃能轉敗為勝　轉悲為喜

戒之戒之　慎之矣

2012.11.5

傘 下

綿綿細雨　在初冬的日子

路上　少了些行人

多了些傘蓋　飛舞在空中

每次的雨景　總有些相似

不相似的　只有傘下不同的面孔

不同的心境　酸　甜　苦　辣

分別注入不同人的腳步

2012.11.21

羊蹄甲

羊蹄甲　在門前一大片　開著粉紫色的花
與整個山坡　青綠的草木相比
羊蹄甲花算是最美的
尤其在秋冬之際
熙熙攘攘人群　似乎如青綠草木變的枯黃
不容易找著粉紫色的瑰麗
讓大地增加一點繽紛
人們驚豔

2012.11.24

雨　滴

滴滴澾澾的雨聲　從屋瓦傳出
緩慢的拍子　托著長長的音符
時間　跟著慢了起來　空間也涼了
世事變化　難以預期
像雨滴　快快慢慢　何時來　何時去　難以知曉
這般令人迷惘　不知所措
本來常住的心　變的無常
目標　變得糢糊
大大小小　快快慢慢的雨　改變了世界

2012.11.26

找回心源

雨　潤濕了草木　讓它長的美麗

喜歡雨中踽蝸獨行　忘記外面世界

外面有　鬥爭　殘殺　詐騙　只為了名與利

雖然也有愛心　往往不足　也常是暫時

找回心源　讓心源　像燭火照亮黑暗

像夜明珠　在幽暗處放射光鋩

雨中　洗滌污濁的心　變回原來的純淨

雨中　增長智慧　就如潤濕草木成長

2012.11.26

讓她走吧

讓她走吧　何不
只要她走　大地就會平靜　心情得到安寧
再不會有人干擾性情　波濤起伏
再不會輾轉難眠　折磨自己
相思不盡
何不拔起桃木劍
斬斷空中層層盤絲
緣來　夢成
緣去　夢殘

2012.11.26

除 夕

舊的年　輕輕的滑過　就像往年
新的年　悄悄的進來　也如往年
舊的事物　物換星移
只有人　新的未必比舊的好
偶爾　也發現新人勝過舊人
人是變數　而且多變　善變…
除非有了真誠　不變
要不　看看如何變

2012.12.31

《有懷篇》是從2013年開始到現在（九月中），

陸續有感而作，匯集而成。

從平常生活中汲取題材，表達生活的感受。

共二十八首

有懷篇

熱　情

熱情　是意志力的泉源
有了它　活力不停地湧現
　　　形成生命的泉流
　　　在天地間奔馳
　　　奔馳　奔馳
　　　直到大海

2013元旦

聽聞陳師母住院

陳大受的電郵　談及師母跌倒
從去年八月　已是二度住院
八十八歲的老年
怎經得起如此
折騰
瘦了　飲食少進
苦了　行動不便
生了　久不見面

附記：陳大受為陳（問梅）師母長子

電郵告知師母近況
2013.元.4

台南參觀許朝森畫展

早上8：10一行13、4人

蔡理事長帶隊由朝馬至臺南浩浩蕩蕩

向著臺南生活美學館前進

參觀許朝森先生　師生150幅作品

亂皴法

是他的獨創　還教授學生

文學藝術　不就如此

久了　自有品味

附：許朝森先生是臺灣省中國書畫學會理事，有名於畫壇。

2013.元.11

夢見母親

清晨　夢見母親

醒來　推算

已是　二十年的歲月

多少的過往　湧上心頭

多少的未來　心中排徊

環顧周遭　總是愁悵

2013.元.17

讀《中國藝術精神》

《中國藝術精神》徐復觀老師著作
字句間　得知他費的苦神
雖然　徐師不會繪畫
局外人　旁觀者
看看中國藝術　似乎另有新見
局內人　或許有些迷

附：徐復觀教授，早期東海大學中文系教授。

2013.元.24

看年貨街

下午　陪著內人到
臺中　天津街　看年貨
人潮嚷嚷　炒煮炸
電器　用具　玩具
一應俱全
舊曆年　吸引人潮
人潮就是錢潮

2013.2.2

濃　霧

早上9：00　往龍社路途中
濃濃的霧　遮住視線
約莫二十公尺的　視線
令人心驚
惟恐一失手
造成了悔恨

2013.2.5

夢中文藝理論

清晨　猶記夢中情景
提出四點文藝理論
一曰真
二曰主意（主要意思）
三曰結構（經營位置）
四曰新變　即創意

附：夢中文藝理論，真是稀奇，內容真好，特別書此。

2013.2.8

韓亮的詩

在美國任教資訊安全的韓亮教授　寄來
〈雲霧山公園〉
〈我是一顆樹〉
二首新作　令人驚奇
一位電腦科學家
能動筆寫詩
也是少見

2013.2.8

外祖父母

外祖父　張阿傳　本來　務農
外祖母　余愛妹　家中　管理
我小皆已逝　往昔日悠悠
今也忽有見　除去心中愁

附記：今日整問母親身份證影印本，
　　　上載著外祖父母大名，我平常卻忽略，
　　　今日方知，感慚愧，特此記之

2013.3.5

掃　墓

掃墓人潮　車潮
來來往往　源源不絕
我也淹沒車潮
人潮中
敬酒　三巡
香炷　三拜
紙錢安放在陵前燃燒
然後　歸去
望著　庭柯

2013.3.31

母親節

母親去世　整整二十年
二十年　說長不長
說短不短的日子
難以忘懷母親的慈容
一舉一動的模樣

2013.5.12

閱讀曹銘宗《台灣史新聞》有感

台灣的歷史　像漫畫　一般
　　　　一頁頁的新解
多少過往　辛酸　悲苦
　　　　與西方史對比
　　　　盡在圖畫為中

2013.5.30

十年樹木、百年樹人

夢中解讀

十年樹木　百年樹人

陽光　空氣　水

除草　施肥

十年有成

人須一輩子的澆灌

施肥和

陽光的照射

無有止境

2013.6.17夢中作

今日停電

今日停電　到臺中新圖書館

看了許多

早期臺灣留下了大批文物

猛然醒來

原來人像

顆米大小

在歷史橫流中流逝

2013.7.6

人生意氣豁

讀杜詩　贈射洪李四丈
人生意氣豁　不在相逢早
相逢早　未必有用有情
朋友借貸不還
夫妻婚後失和
官員互相鬥爭
血淋淋的　天天在報紙上
意氣豁　真誠相待
有如知音

2013.7.7

蘇力颱風

蘇力颱風　來勢洶洶
　　　　　一陣強風
　　　　　一陣大雨
　　　　　忽然傾瀉
宿舍前面二株大榕樹
　　　　　連根拔起
　　　　　令我錯愕

2013.7.13

《文訊》辦書畫拍賣會

為了籌錢　覓屋
《文訊》舉辦
台灣文學史上
首場作家
珍藏書畫拍賣會
來自作家的珍藏
就這樣開始
收入二千一百多萬
在臺北

也許有了
可以容身的家

附：《文訊》雜誌社在2013年12月7日舉辦第二場書畫募款拍
　　賣會亦有收穫。

2013.7.18

讀賴瑞和《杜甫的五城》

讀賴瑞和《杜甫的五城》

北京　清華大學出版

所敘景

大山　大水

真山　真水

令人心曠神怡

作者的足跡

印證了史事

也作了些更正

2013.7.31

狂犬病

報載　臺灣狂犬病
　　　已有23病例
　　　令人擔憂
　　　社會已不安
　　　問題叢生
　　　狂犬病
　　　將造成更多的憂患

2013.8.2

過河卒子

把自己當成卒子
日子簡單
沒有干擾　煩惱
只能拚命向前
向前再向前

2013.8.3

白衫軍

昨晚白衫軍
為洪仲丘被虐死案
聚集二十五萬人
在凱達格蘭大道
靜坐
要求真相
也許真相
會清楚些
也許不會
人為真相

不等於物質世界的
真相

2013.8.4

父親節

今天是父親節
父親去世二十四年
每年這個日子
我有些感傷
母親去世二十年
同樣令我傷感
這些日子
只有不停的努力
日出而作

日入而息
學習父母親耕作的榜樣

2013.8.8

眼鏡蛇

大度山有不少眼鏡蛇

年年捕獲（用魚網）可證

家中可說與蛇

比鄰而居

甚至同居

四年前蛇曾侵入客廳

令我膽寒

眼鏡蛇　濱臨絕種

須要保護

人呢

人滿為患
何須保護

2013.8.15

假農民

報載許多假農民

真領國庫錢

這個社會

非農民忙著當假農民

其他階層

忙著報假賑

消耗國庫錢

因為國庫有著

金山銀海

2013.8.22

康芮颱風

康芮颱風來襲
傾瀉的水
處處都是
高雄　臺南　嘉義
臺中等地
風強雨急
令人擔憂
古人云人溺己溺
今人又是如何

2013.8.29

夢見井老師

軍人節　井老師第一次進入我的夢境
也許井老師是榮民
選擇這個日子入夢
整整一年多的
生死之別
怎不令人惆悵

2013.9.3

中秋月

中秋夜　大度山上
月光　皎潔無比
一層層的波光
投向大地
大地上的花木　動物　人物　建築⋯
似在波光中浮動
不因為天兔颱風
從玉兔中噴出
眾人仰望

而祂
卻在遙遠的地方

2013.9.19（中秋夜）

附：本書作者著作及書畫展覽活動表

（一）、論著

書名	出版地	出版社	出版時間	頁數
1《說文解字》中的古文究	臺中	手抄本	1970年6月	271頁
2袁枚的文學批評	臺中	手抄本	1973年6月	568頁
3鄭板橋研究	臺中	曾文出版社	1976年11月	212頁
4吳梅村研究	臺中	曾文出版社	1981年4月	377頁
5趙甌北研究（上、下）	臺北	臺灣學生書局	1988年7月	864頁
6蔣心餘研究（上、中、下）	臺北	臺灣學生書局	1996年10月	1305頁
7增訂本鄭板橋研究	臺北	文津出版社	1999年8月	312頁
8增訂本吳梅村研究	臺北	文津出版社	2000年6月	418頁
9袁枚的文學批評（增訂本）	臺北	聖環圖書公司	2001年12月	490頁
10古典詩選及評注	臺北	文津出版社	2003年8月	473頁
11簡明中國詩歌史	臺北	文津出版社	2004年9月	341頁
12《隨園詩話》中所提及清代人物索引	臺北	文津出版社	2005年7月	223頁
13清代詩文理論研究	臺北	秀威資訊科技公司	2007年2月	246頁
14韓柳文選評注	臺北	文津出版社	2008年9月	318頁
15陶謝詩選評注	臺北	秀威資訊科技	2008年9月	226頁

16詩學・詩話・詩論講稿	臺中	東海中文研究所講義	2008年9月	391頁
17歐蘇文選評注	臺北	文津出版社	2009年1月	354頁
18詩與詩人專題研究講稿	臺中	東海中文研究所講義	2009年1月	214頁
19楚辭選評注	臺北	秀威資訊科技	2009年4月	306頁
20山水詩研究講稿	臺中	東海中文研究所講義	2009年11月	328頁
21鏤金錯采的藝術品 ——索引本評點補《麝塵蓮寸集》	臺北	秀威資訊科技公司	2011年4月	270頁
22山水詩研究論稿	臺北	華藝數位有限公司	2011年11月	348頁
23古典詩文研究論稿	臺北	華藝數位有限公司	2014年2月	463頁
24蕭繼宗先生研究		（整理預備出版中）		

（二）、合集

書名	出版地	出版社	出版時間	頁數
1王建生詩文集	臺中	自刊本	1990年7月	168頁
2建生文藝散論	臺北	桂冠圖書公司	1993年3月	254頁
3心靈之美	臺北	桂冠圖書公司	2000年11月	208頁
4山濤集	臺北	聯合文學	2005年8月	206頁
5山中偶記	臺北	秀威資訊科技公司	2012年3月	234頁
6一代山水畫大師井松嶺傳（井松嶺先生口述王建生整理）	待刊			

（三）、詩集

書名	出版地	出版社	出版時間	頁數
1建生詩稿初集	臺中	自刊本	1992年11月	70頁（270首）
2涌泉集	臺中	自刊本	2001年3月	145頁（310首）
3山水畫題詩集	臺北	上大聯合股份有限公司	2009年12月	136頁（600餘首）
4山水畫題詩續集（附畫作）	臺北	秀威資訊科技	2011年8月	158頁（440餘首）
5星斗集——王建生現代詩選	臺北	秀威資訊科技公司	2014年4月	234頁（146首）

（四）、畫集

書名	出版地	出版社	出版時間	頁數
1．消暑小集（畫冊）	臺中	臺中養心齋	2006年9月	2（上下卷）長卷軸
2．建生書畫選輯	臺中	天空數位圖書出版社	2013年5月	192頁

（五）收集金石文物

書名	出版地	出版社	出版時間	頁數
1尺牘珍寶	臺中	自刊本	2005年5月	32頁
2金石古玩入門趣	臺北	貓頭鷹出版社	2010年3月	143頁（精裝本）

（六）、單篇學術論文、文藝創作作品、展演

著作篇名	出版書籍及期刊名稱	卷期、頁數	出版年月
1鄭板橋生平考釋	東海學報	17卷頁75至92	1976年8月
2吳梅村交遊考	東海學報	20卷頁83至101	1979年6月
3吳梅村的生平	東海中文學報	第二期頁177至192	1981年4月
4屈原的「存君興國信念」與忠怨之辭	遠太人雜誌	15期頁53至54	1984年12月
5淺論我個人對文藝建設的新構想	東海文藝季刊	16期頁1至5	1985年6月
6談文學的進化論	東海文藝季刊	17期頁3至8	1985年9月
7淺談文學的多元論	東海文藝季刊	20期頁6至8	1986年6月
8談文學的波動說	東海文藝季刊	24期頁1至14	1987年6月
9「性靈說」的意義	東海文藝季刊	25期頁2至7	1987年9月
10清代的文學與批評環境	東海文藝季刊	26期頁3至27	1987年12月
11與青年朋友談文藝 —— 須有「個性」	東海文藝季刊	27期頁18至21	1988年3月
12與青年朋友談文藝 —— 須有「真」「趣」	東海文藝季刊	33期頁7至11	1988年6月
13從文藝創作獎談文藝創作論	東海文藝季刊	28期頁2至11	1988年6月
14趙甌北的文學批評 —— 論李白	中國文化月刊	104期頁32至47	1988年6月
15趙甌北的史學成就	東海學報	29卷頁39至53	1988年6月
16趙甌北的文學批評 —— 論杜甫	中國文化月刊	105期頁32至41	1988年7月
17趙甌北交遊	東海中文學報	8期頁19至66	1988年6月

18趙甌北的文學批評——論韓愈	中國文化月刊	106期頁36至44	1988年6月
19憶巴師（古詩）	巴壺天追思錄	頁112至114	1988年8月
20與青年朋友談文藝——須有「主」「從」	東海文藝季刊	29期頁6至9	1988年9月
21趙甌北的文學批評——論白居易	中國文化月刊	107期頁105至114	1988年9月
22趙甌北的文學批評——論歐陽修	中國文化月刊	108期頁34至38	1988年10月
23與青年朋友談文藝——須有「結構」	東海文藝季刊	30期頁2至7	1988年12月
24趙甌北的文學批評——論王安石	中國文化月刊	110期頁27至31	1988年12月
25趙甌北的生平事略	書和人	611期	1988年12月
26趙甌北的文學批評——論蘇軾	中國文化月刊	112期頁30至40	1989年1月
27與青年朋友談文藝——須有「氣」「象」	東海文藝季刊	31期頁2至10	1989年3月
28詩經、楚辭	中國文化月刊	121期頁98至113	1989年11月
29漢代詩歌——樂府民歌	中國文化月刊	122期頁95至105	1989年12月
30魏晉南北朝民歌	中國文化月刊	123期頁65至86	1990年1月
31唐代詩歌（一）	中國文化月刊	124期頁27至46	1990年2月
32唐代詩歌（二）	中國文化月刊	125期頁73至92	1990年3月
33唐代詩歌（三）	中國文化月刊	126期頁83至108	1990年4月

34宋代詩歌（上）	中國文化月刊	128期頁59至81	1990年6月
35宋代詩歌（下）	中國文化月刊	129期頁66至80	1990年7月
36中國散文史	東海中文學報	9期頁33至96	1990年7月
37金元詩歌	中國文化月刊	130期頁71至80	1990年8月
38明代詩歌	中國文化月刊	131期頁54至73	1990年9月
39清代詩歌（上）	中國文化月刊	132期頁68至78	1990年10月
40清代詩歌（下）	中國文化月刊	133期頁44至62	1990年11月
41歲暮詠四君子（古詩）	東海校刊	238期	1990年12月
42東坡傳	中國文化月刊	135期頁36至56	1991年1月
43歐陽修傳	中國文化月刊	138期頁43至62	1991年4月
44慶祝開國八十年（古詩）	實踐月刊	816期頁12	1991年5月
45應東海大學書法社國畫社在東海大學課外活動中心展出邀請參加師生聯展（展出書法）	東海大學課外活動中心		1991年12月
46題畫詩（八十二首，自題所作水墨畫）	中國文化月刊	152期頁87至97	1992年6月
47應中國當代大專教授聯誼會邀請聯展（展出書畫）	在臺中文化中心文英館展出		1993年1月
48應台灣省中國書畫學會邀請聯展（展出書畫）	在臺中文化中心文英館展出		1993年1月
49蔣心餘文學述評——藏園九種曲（一）	中國文化月刊	160期頁62至82	1993年2月

50題畫詩（有畫作）	東海文學	38期頁37至38	1993年6月
51應中國當代大專書畫教授聯展作品刊出聯展選集	中國當代大專書畫教授	頁15	1993年7月
52蔣心餘文學述評 —— 藏園九種曲（二）	中國文化月刊	166期頁91至110	1993年8月
53刊出行書中部五縣市書法比賽入選作品會員作品專輯	台灣省中國書畫學會	頁35	1993年
54評「李可染畫論」	書評（雙月刊）	8期頁3至5	1994年2月
55蔣心餘文學述評 —— 藏園九種曲（三）	中國文化月刊	173期頁75至91	1994年2月
56蔣心餘文學述評 —— 藏園九種曲（四）	中國文化月刊	177期頁95至118	1994年7月
57蔣心餘與袁枚、趙翼及江西文人之交遊	東海中文學報	11期頁11至29	1994年12月
58也談玉璧	中國文化月刊	194期頁121至128	1995年12月
59談玉圭	中國文化月刊	198期頁114至127	1996年4月
60應中國當代書畫聯誼邀請「傑出書畫名家聯展」（展出書法、水墨畫）	在美國洛杉磯展出		1996年10月
61應兩岸書畫交流暨台灣區國畫創作比賽聯展（展出書法、水墨畫）	在臺中市文英館展出		1996年12月~1997年1月（聯展作品于1996年12月31日出版）
62清代文學家蔣士銓	書和人	823期	1997年4月19日

63神韻說的意義	中國文化月刊	220期頁62至67	1998年7月
64肌理說的意義	中國文化月刊	221期頁46至48	1998年8月
65憶江師舉謙	東海大學校刊	7卷1期	1999年3月10日
66憶江師舉謙	東海校友雙月刊	207期	1999年3月
67參加「台灣文學望鄉路」	臺中文化中心現場詩創作		1999年4月
68懷念老友松齡兄	東海大學校刊	7卷3期	1999年5月
69台灣省中國書畫學會會員聯展（展出書畫）	臺中市文化中心第三、四展覽室		1999年11月20日至12月2日
70揚州八怪的鄭板橋	書和人	910期	2000年9月16日
71韓愈的生平	未刊稿（後收在《山濤集》）	頁80至95	1999年8月
72柳宗元的生平	未刊稿（後收在《山濤集》）	頁96至113	1999年8月
73憶方師母	方師母張愍言女士紀念文集	頁152	2001年6月
74捐出書畫、參與財團法人華濟醫學文教基金會舉辦「關懷心，濟世情」書畫義賣會	地點：嘉義‧華濟醫院		2001年8、9月
75參與台灣省中國書畫學會聯展（展出書畫）	臺中市文化中心文英館		2001年12月15日
76參加台灣省中國書畫學會聯展（展出書畫）	彰化社教館		2002年11月

77參加台灣省中國	臺中市文化中心文英館書畫學會聯展（展出書畫）	2003年8月23日	
78應台中科博館邀請演講〈菊花與文學〉	臺中科博館	2003年11月	
79《菊花與文學》	《東海文學》	第55期83-87頁	2004年6月
80〈從《興懷集》、《獨往集》看蕭繼宗先生生平與人格思想〉	《緬懷與傳承--東海中文系五十年學術研討會》	頁93-123	2005年10月
81參加台灣省中國書畫學會書畫聯展主題畫廊（展出書畫）	臺中市文化中心文英館		2005年10月1日
82應邀北京大學中文系講座，題目：乾隆三大家：袁枚、趙翼、蔣士銓	北京大學中文系		2006年4月17日起二週
83參加第九屆東亞（台灣、韓國、日本）詩書展	臺中市文化中心	收在《作品集》31~32頁	2006年5月
84〈從《興懷集》、《獨往集》看蕭繼宗先生生平與人格思想〉	東海中文學報	18期頁131~162	2006年7月
85參加台灣省中國書畫學會書畫聯展（展出書畫）	臺中市稅捐處畫廊		2006年10月
86〈袁枚、趙翼、蔣士銓三家同題詩比較研究〉論文發表會	東海大學中文系教師	42頁	2006年11月
87大雪山一日遊——中文系系友會紀實	《東海人》季刊	第六期第二版	2007年5月20日
88參加2007台灣省中國書畫學會會員聯展（展出書畫）	臺中市文化局文英館主題畫廊	有《作品集》刊出	2007年7月14日

89〈袁枚、趙翼、蔣士銓三家同題詩比較研究〉	《東海中文學報》第19期	頁139~194	2007年7月
90接受《東海文學》專訪，題目：〈他的專情專心與專一〉	《東海文學》	第58期頁53~59	2007年6月
91兩岸大學生長江三角洲考察活動參訪紀實	《東海校訊》	131期第3版	2007年10月31日
92從《興懷集》、《獨往集》看蕭繼宗先生生平與人格思想	《東海中文系五十年台北：文津出版社學術傳承研討會論文集》	頁130~168	2007年12月
93參加臺灣省中國書畫學會會員聯展（展出書畫）	臺中市稅捐處畫廊		2008年11~12月
94「博愛之謂仁」書法	臺北：《新中華》雜誌	第28期46頁	2009年1月
95「臺灣省中國書畫學會」及「臺中市青溪新文藝學會」在臺中市後備指揮部舉辦「吉祥聯誼」團拜，王建生資深理事：精進書藝，著作《陶謝詩選評注》表現卓越，推展中華文化有功，接受表揚。	臺中市後備指揮部		2009年2月15日
96「臺灣省中國書畫學會」、臺中市青溪新文藝學會聯展（展出書畫）	臺中市後備指揮部官兵活動中心大禮堂		2009年10月10日
97赴南京大學學術交流，題目：袁枚與《隨園詩話》。並列為「明星講座」	南京大學文學院		2009年10月21日起一個月
98臺灣省書畫學會聯展（展出畫作）	臺中文化中心大墩藝廊（四）		2010年8月21日至2010年9月2日

99大道中國書畫學會聯展（展出畫作）	臺中文化中心大墩藝廊（四）		2010年8月21日至2010年9月2日
100臺中文藝交流協會（展出畫作）	臺中財稅局藝廊		2010年9月1日至2010年9月15日
101蕭繼宗先生寫景詩的探討	東海大學中文系教師發表會		2010年10月
102敬悼鍾教授慧玲	東海大學中文系鍾慧玲教授紀念集	頁16至17	2011年1月
103臺灣省中國書畫學會聯展（展出水墨山水畫）	臺中市立大墩文化中心門廳		2011年2月12日至17日
104《東海文學》62期封面封底水墨畫二幅	《東海文學》	62期	2011.06
105敬挽鍾教授慧玲〈七古〉	《東海文學》	62期	2011.06
106我眼中的中文系學生	《東海文學》	62期	2011.06
107蕭繼宗先生寫景詩的探討	《東海中文學報》	第23期	2011年7月
108應臺中市藝文交流協會100年書畫聯展展出水墨畫二幅	臺中文化中心文英畫廊		2011.9.17~9.29
109大道中國書畫學會（展出水墨畫）	臺中文化中心大墩藝廊（四）		2011.10.15~10.20
110蕭繼宗先生感懷詩的探討	東海大學主辦：中國古典詩學新境界會議研討會主持人、論文發表人		2011.11.20
111蕭繼宗先生感懷詩的探討	中國古典詩學新境界學術研討會論文集臺中：東海大學	頁287~頁304	

112參加台灣省中國書畫學會2012年會員聯展（展出水墨畫）	文英館文英暨主題畫廊		2012.07.21~08.01
113參加「大道中國書畫學會」會員聯展（展出水墨畫）	臺中市立港區藝術中心展覽室B		2012.08.04~09.02
114參加國立中山大學中國文學系「第七屆國際暨第十二屆全國	國立中山大學國資大樓11樓（題目：乾隆三大家袁枚、蔣士銓、趙翼不同文史成就之探討）清代學術研討會」主持人、論文發表人		2012.11.17.~11.18
115參與臺中市政府舉辦資深（受邀：文學家）文藝作家重陽節餐敘	臺中市全國大飯店地下一樓國際二廳		2012.10.22
116參加臺灣文學發展基金會策畫：九九重陽、文藝雅集	文訊雜誌社承辦財團法人新台灣人文教基金會合辦台大醫院國際會議中心·庭園會館二樓201廳		2012.10.23
117參加臺灣省中國書畫學會2012年第二次會員聯展（展出水墨畫）	展覽地點：陽明大樓（豐原區陽明街36號）		2012.10.26~11.04
118參加臺灣省中國書畫學會會員作品聯展（展出水墨畫）	展覽地點：陽明市政大樓一樓中庭展示區（臺中市葫蘆墩文化中心，豐原區圓環東路782號）		2012.11.6~2013.2.24

119參加「大道中國書畫學會」會員聯展（展出水墨畫）	臺中市立大墩文化中心大墩藝廊		2013.06.22~07.03
120參加《文訊》30週年《作家珍藏書畫募款展覽暨拍賣會》開幕酒會（提供蕭繼宗先生行書（節曾文正〈湖南文徵序〉）	臺北：華山文創園區		2013.7.18
121參加臺灣文學發展基金會策畫：九九重陽、文藝雅集	《文訊》雜誌社承辦財團法人台大醫院國際會議中心・庭園會館二樓201廳新台灣人文教基金會合辦		2013.10.7
122臺灣省中國書畫癸巳年聯展出版專集	《臺灣省中國書畫癸巳年聯展出版專集》	頁24、25	2013.11
123參加臺灣省中國書畫癸巳年聯展（展出水墨）	葫蘆墩文化中心二樓畫廊		2013.12.27~2014.1.19
124參加吳春惠「鶯歌彩瓷創作展」開幕致詞，並為其《水墨與彩釉的對話》畫冊作序	臺中市葫蘆墩文化中心三樓		2014.3.16
125參加「大道中國書畫學會」會員聊展（展出水墨）	臺中市屯區藝文中心展覽室B		2014.4.3~4.27

（七）、主編學術性、文藝性刊物（略）

讀詩人47　PG1141

 星斗集
　　──王建生現代詩選

作　　者	王建生
責任編輯	蔡曉雯
圖文排版	詹凱倫
封面設計	陳怡捷

出版策劃	釀出版
製作發行	秀威資訊科技股份有限公司
	114 台北市內湖區瑞光路76巷65號1樓
	電話：+886-2-2796-3638　傳真：+886-2-2796-1377
	服務信箱：service@showwe.com.tw
	http://www.showwe.com.tw
郵政劃撥	19563868　戶名：秀威資訊科技股份有限公司
展售門市	國家書店【松江門市】
	104 台北市中山區松江路209號1樓
	電話：+886-2-2518-0207　傳真：+886-2-2518-0778
網路訂購	秀威網路書店：http://www.bodbooks.com.tw
	國家網路書店：http://www.govbooks.com.tw
法律顧問	毛國樑　律師
總 經 銷	聯合發行股份有限公司
	231新北市新店區寶橋路235巷6弄6號4F
	電話：+886-2-2917-8022　傳真：+886-2-2915-6275

出版日期	2014年4月　BOD一版
定　　價	280元

國家圖書館出版品預行編目

星斗集：王建生現代詩選 / 王建生著. -- 一版. -- 臺北
市：釀出版, 2014.04
　　面；　公分. -- (讀詩人；PG1141)
BOD版
ISBN 978-986-5696-05-4 (平裝)

851.486   103004542

讀者回函卡

感謝您購買本書，為提升服務品質，請填妥以下資料，將讀者回函卡直接寄回或傳真本公司，收到您的寶貴意見後，我們會收藏記錄及檢討，謝謝！
如您需要了解本公司最新出版書目、購書優惠或企劃活動，歡迎您上網查詢或下載相關資料：http:// www.showwe.com.tw

您購買的書名：_____

出生日期：_____年_____月_____日

學歷：□高中 (含) 以下　　□大專　　□研究所 (含) 以上

職業：□製造業　□金融業　□資訊業　□軍警　□傳播業　□自由業
　　　□服務業　□公務員　□教職　　□學生　□家管　□其它_____

購書地點：□網路書店　□實體書店　□書展　□郵購　□贈閱　□其他

您從何得知本書的消息？

　□網路書店　□實體書店　□網路搜尋　□電子報　□書訊　□雜誌

　□傳播媒體　□親友推薦　□網站推薦　□部落格　□其他_____

您對本書的評價：(請填代號　1.非常滿意　2.滿意　3.尚可　4.再改進)

　封面設計____　版面編排____　內容____　文／譯筆____　價格____

讀完書後您覺得：

　□很有收穫　□有收穫　□收穫不多　□沒收穫

對我們的建議：_____

_____

_____

_____

11466
台北市內湖區瑞光路 76 巷 65 號 1 樓

秀威資訊科技股份有限公司　　　收

BOD 數位出版事業部

···

（請沿線對折寄回，謝謝！）

姓　　名：＿＿＿＿＿＿＿＿＿　　年齡：＿＿＿＿　　性別：□女　□男

郵遞區號：□□□□□

地　　址：＿＿＿＿＿＿＿＿＿＿＿＿＿＿＿＿＿＿＿＿＿＿

聯絡電話：(日)＿＿＿＿＿＿＿＿＿　(夜)＿＿＿＿＿＿＿＿＿

E-mail：＿＿＿＿＿＿＿＿＿＿＿＿＿＿＿＿＿＿＿＿＿